寻找绿色低碳建筑

孙健　主编

胖兔子粥粥　编绘

人民邮电出版社

北京

图书在版编目（ＣＩＰ）数据

寻找绿色低碳建筑 / 孙健主编；胖兔子粥粥编绘
. -- 北京 : 人民邮电出版社，2011.11
ISBN 978-7-115-26161-8

Ⅰ. ①寻… Ⅱ. ①孙… ②胖… Ⅲ. ①节能－通俗读
物 Ⅳ. ①TK01-49

中国版本图书馆CIP数据核字(2011)第181502号

寻找绿色低碳建筑

◆ 主　编　孙　健

　　编　绘　胖兔子粥粥

　　责任编辑　刘　朋

◆ 人民邮电出版社出版发行　　北京市崇文区夕照寺街 14 号
　　邮编　100061　　电子邮件　315@ptpress.com.cn
　　网址　http://www.ptpress.com.cn
　　北京画中画印刷有限公司印刷

◆ 开本：787×1092　1/16

　　印张：4.25　　　　　　2011 年 11 月第 1 版

　　字数：76 千字　　　　 2011 年 11 月北京第 1 次印刷

ISBN 978-7-115-26161-8

定价：20.00 元

读者服务热线：**(010)67129264**　印装质量热线：**(010)67129223**
反盗版热线：**(010)67171154**

编 委 会

序 言

近百年来，全球气候正经历着以变暖为主要特征的显著变化，由此带来的冰川融化、海平面上升以及干旱、洪涝、高温热浪、台风等极端天气气候事件多发，水资源短缺等问题都对人类社会的生存和发展构成了巨大挑战，也给环境和自然生态系统带来深刻的影响，并影响到社会经济系统。气候变化及其影响日益成为世界关注的热点，如何应对全球气候变化，保护我们的家园不受威胁，也成为摆在全人类面前的一个课题。经过多年的研究、摸索和尝试，低碳的生活方式可以说已经成为当今世界适应和减缓气候变化的一个重要措施。

建筑业属于高排放行业之一。近年来，"低碳建筑"、"绿色建筑"逐渐成为社会的热点问题。温家宝总理指出，我国要加快培育以低碳排放为特征的工业、建筑、交通体系，全面增强应对气候变化能力。在 2011 年的政府工作报告中，温家宝总理又提出，要加大既有建筑节能改造投入，积极推进新建建筑节能。

低碳建筑要求在建筑的整个生命周期内能做到整体低能耗，而气象要素是建筑低碳节能中不可或缺的重要因素之一。什么地域的建筑可以采用何种节能方式，选用什么样的可再生资源，这些都和气象有着紧密的联系。

向公众宣传应对气候变化的知识和措施，是中国气象局的重要职责之一。而通俗化、社会化、生活化是实现气象科学知识有效普及的重要标准。本书用漫画的形式讲述了一个关于"低碳建筑"的故事，可以说是气象科普通俗化的一种很好的尝试，让人们在轻松的阅读中了解气候变化对我们的深刻影响。

在本书即将出版之际，我谨向为本书编辑出版以及为气象科普工作做出贡献的同志们表示诚挚的感谢！

中国气象局局长　郑国光

2011 年 9 月

前　言

　　自 2009 年哥本哈根世界气候大会之后，"低碳建筑"引起了社会各界广泛关注，备受追捧，然而什么样的建筑才是真正的"低碳建筑"呢？

　　我们经常看到，一些房地产开发商所宣称的"低碳"和"绿色"，不过是栽种了几棵树，修建了一个小花坛；更有甚者，挖一条小水沟就标榜是湿地了。他们的真正目的自然是不言而喻了。

　　一栋建筑是否真正低碳，节能率是一项硬指标。据统计，我国目前的建筑能耗约占全社会总能耗的 30%，在 430 亿平方米存量建筑中 95% 以上是高能耗建筑；而研究报告分析，低碳建筑同传统的建筑相比可以减少 35% ～ 50% 的温室气体排放。这些低碳建筑可以集成太阳能电池、风力发电、雨水收集系统和地热供暖系统等新技术，能源消费的 70% 能实现自给自足，最大限度地减少加热和制冷所消耗的能源。

　　低碳建筑还必须满足基本的健康和舒适标准。我们乘飞机、坐火车或者步行，这几种方式中哪一种方式最低碳？当然是步行，但是有多少人会选择步行出行呢？答案很肯定，因为这是一种效率比较低的出行方式。我们提倡低碳，但也要提高工作效率和生活品质，如果为了追求低碳而大大降低了工作效率，严重影响了基本的生活品质，那就有点本末倒置。因此，如何利用绿色建筑技术既保证低能耗又不降低舒适度，就显得尤为重要了。在全球变暖的背景下，提倡低碳建筑就更有其紧迫感和现实意义了。

　　在这本漫画书中，作者讲述了一个非常具有现实意义的童话故事。全球气候变暖，北极冰层融化，北极熊大白丧失了家园，天气精灵小蓝和环保卫士胖兔子粥粥义无反顾地担当起了帮助北极熊寻找绿色低碳家园的重任。他们不辞劳苦，遍历世界各地，最终找到了真正的低碳建筑，并为北极熊建造了一个新的家园。故事中北极熊有了新的栖息之地，而现实中北极熊的命运又是怎样的呢？我们人类又将会面临什么问题呢？赶紧行动吧！

因为太阳的短波辐射到达地面，地表放出的长波辐射却被温室气体吸收了，使得地表和低层的大气温度增高，就像栽培农作物的温室那样，所以叫做温室效应。

因为燃烧化石燃料，大气里二氧化碳和甲烷等浓度增高，导致了增强的温室效应，使全球气温升高。工业革命之后，全球气候变暖也就越发严重起来了……

所以我们的家园才慢慢融化了吧。呜……我的壮美官殿……

大白别哭！它只是暂时回到了海里而已！

冰盖融化使得海平面上升，改变和淹没了一些低洼地区的海岸线，增加了动物的家园被毁的危险性。

我的表弟没有家啦！

急了

未来会怎样？

人类？

物种灭绝

大地干旱

一个个微小的举动足够推动整个"宇宙"。

二氧化碳

温室效应

极端天气

冰川融化

极地消失

海平面上涨

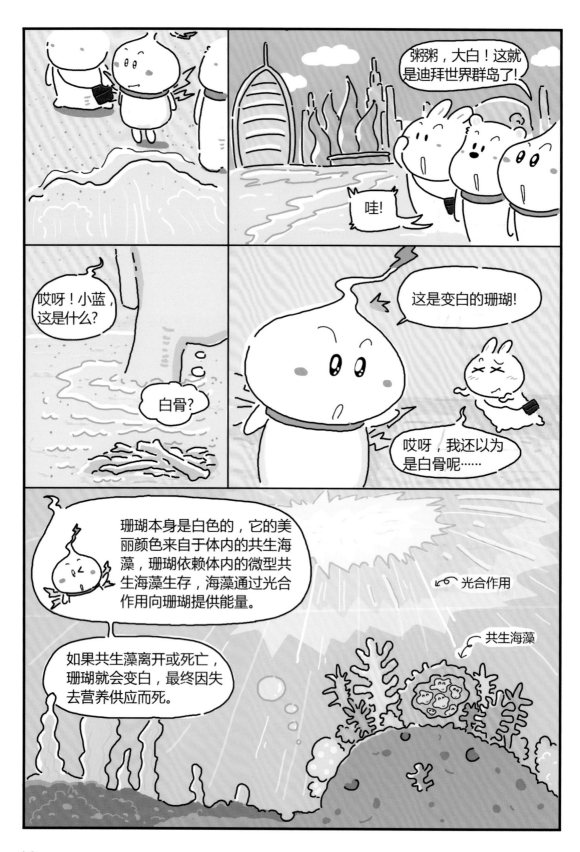

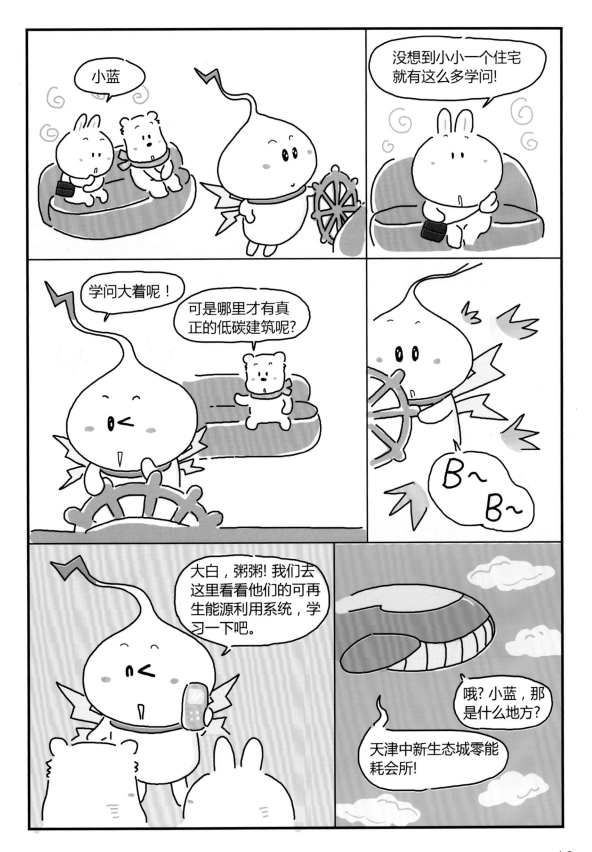

24

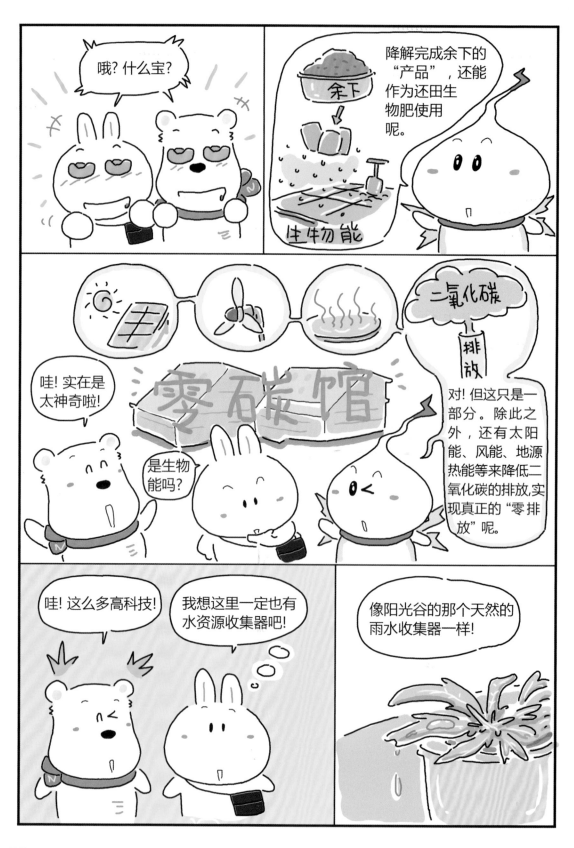

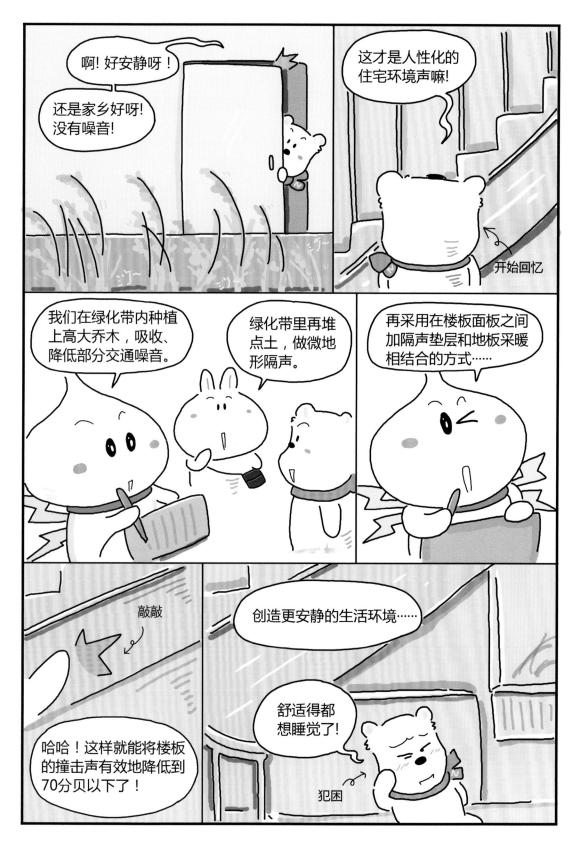

44

45

49